魔法的祕密
洪佳如◎文
六十九◎圖

自序／洪佳如

當你愛的時候，你的眼睛和心會知道

這個世界上真的有魔法嗎？如果真的有，能不能讓所有人都幸福？

此次故事的發想，來自於自身對生命的困惑。我曾經在法國近盧森堡郊區，一間大型動物園裡（幅員廣大占地18公頃，擁有2000隻來自世界五大洲的原生動物，其中物種多達360種）看見一場馴獸師獨自對八隻老虎，其中包括兩隻白老虎的馬戲演出。

雖然園方宣稱老虎都由飼育員從小親餵陪伴，訓練過程絕不施加鞭打，並且將部分門票收入回饋老虎保育計畫，與致力於野生動物保護的法國非營利組織Awley合作，資助印度、尼泊爾、孟加拉與越南當地組織，但鉅額投資款項與表演過程引起的緊繃情緒，使馴虎演出仍具有一定爭議性。回國後，我偶然看到這間動物園為興建展演建築、訓練老虎、培養人才等額外支出，園方背負共450萬歐元資金缺口，在收支失衡的情況下瀕臨破產。

不久後，又看到在法國巴黎十五區街頭上，出現了一隻18個月大，重約200公斤的母老虎Mevy從流動馬戲團內逃脫。報導中指出，隨著老虎進入火車站後，警方開始進行緊急疏散、暫時停止車站線路，整起事件以馬戲團主人槍殺老虎，並且受到警方拘留做結，事後團長聲稱自己阻止了更大的傷害，也很痛心失去一個家人。當時，多個動保團體都對此事件深感遺憾，並發起法國需廢除馬戲的聲明，碧姬・芭杜基金會(La Fondation Brigitte Bardot)發言人表示「殺死動物對他來說無疑是件困難的事情，但這攸關改變人們對野生動物的飼養態度，我們需要確保牠們在適當的環境中成長。」

在法國所遇到的種種人心矛盾，對我帶來相當大的衝擊，當動物園瀕臨破產、馬戲團動物逃脫，誰能負責生命的餘生？我所能做的是編譯新聞、撰寫文章透過網路傳遞給大眾。回到臺灣後，有機會相繼聆聽屏科大保育類野生動物收容中心楊景川隊長以及野生動物急救站蔡昀陵保育員的演講，知道在臺灣曾發生過民眾刻意將公獅子與母老虎關在一起，以及民眾照護野生動物不當的行徑，經過一段時日沉澱之後，我決定將自己所感受到的衝擊，撰寫成適合兒童閱讀的故事。希望讓孩子知道，這世界上，沒有百分百的完美演出，當我們期待一場絕無冷場的動物演出背後，其實意味著捕捉、訓練等一連串的殘忍經過。

動物朋友們身上看不見的傷口不表示不存在，我們都知道，有些傷雖然看不見，但不意味著不嚴重。因此，我在故事中創造了一位懂得體貼動物朋友的魔術師，他表演了一場「心的魔法」讓人們更了解動物處境，人心是最靠近魔法的存在，我真摯的希望能透過想像力結合實際發生的案例，讓悲劇的重量稍稍減輕。我認為，真正的快樂是發自內心的暖流，當你愛的時候，你的眼睛和心都會知道，願孩子們都能找到自己的所愛，勇敢去愛，不輕易對生命造成傷害。

目錄

傳說，世界上所有的魔法都是由人心所變成，只是，人心有好有壞，自然產生了黑、白兩種不同的魔法。

黑魔法時常被視為詛咒他人的手段，白魔法則被認為是一份溫暖的祝福。

住在小鎮上的強尼先生，從小就相信白魔法的存在，變魔術是他認為世上最靠近魔法的一件事情。

魔術師強尼先生

不說也許你看不出來，魔術師強尼先生光是一個人，家裡就養了六隻兔子、六隻鴿子和一隻狗。

偌大的房子裡，總是傳來各式各樣、叮叮咚咚的聲響，強尼先生卻一點也不覺得吵鬧，反而覺得這是一首美麗的樂章，演奏出他最想要的三

個人生夢想：

第一、變出精采絕倫的魔術；第二、身邊有寵物相伴；第三、聽見孩子們的笑聲。

想要滿足這三個夢想，可不是一件簡單的事喔！

譬如，每天早上強尼先生睜開眼睛的第一件事，就是先餵大家喝水、吃早餐，把肚子填飽才有力氣表演精采的魔術。

而且，光是打掃鴿舍、兔籠與狗屋，就足以讓他花掉整整一個早上的時間，更別說滿天飛的羽毛、兔毛和狗毛，總是讓強尼先生打了一個又一個的大噴嚏，響亮的聲音就連三公里外的翠太太都聽得見呢。

「強尼先生，您每天照顧這麼多隻動物，不會累嗎？」

每當看見強尼先生在院子裡，刷洗狗舍的辛苦模樣，偶爾會有路過的孩子，用一雙清澈的大眼睛，天真的問著強尼先生。

看著他們的眼睛，強尼先生彷彿看見小時候的自己，那時候的他，以為天底下所有的問題，大人們心裡面都有解答。

聽到這個問題，強尼先生揉著過敏的紅鼻子，想了想，彎下腰對孩子說：「因為牠們是我最重要的家人，當然得好好照顧，大家的健康就是我的責任。」

孩子們聽到這個答案嘴角總是掛著微笑，愉

快的哼著歌，散步離開。

因為強尼先生實在太疼愛他的動物家人了，鎮上所有的孩子們，都記得強尼先生的夥伴們叫做什麼名字，尤其助手狗兒大傻，更是大家心中的最愛。

每當強尼先生站在舞臺

上變魔術的時候，孩子們總在臺下發出窸窸窣窣的聲音，猜著今天究竟是邦尼？兔比？還是喬許？今天輪到哪隻兔子上臺表演呢？

每次看到這一幕，強尼先生總是微笑，不發一語，因為小孩的好奇心是普天下好魔術的元素之一。

他認為，少了孩子的好奇心，無論魔術再精采，都不是最好的魔術。

以前，曾有人從遙遠的大城市慕名前來拜訪，特地上門邀請強尼先生一起進行世界魔術巡迴演出，那位商人講得多麼天花亂墜啊！

「強尼先生，難道您不想讓世界各地的觀眾，看到您神乎其技的魔術秀嗎？」

對此，強尼先生總是彬彬有禮的向每位客人

脫帽致歉。

「很抱歉，我不想。因為我家的兔子生病了，需要定期看醫生，所以不能離家太遠。」

這句話，讓商人們聽了火冒三丈，氣得臉紅脖子粗，氣呼呼的砰一聲甩上大門，毫不客氣的隔空大吼著：「哼，兔子生病有什麼了不起？大不了換一隻不就得了？我看你是老狗變不出新把戲！不敢接受這個天大的超級任務。」

大傻聽到之後，哀怨的朝天哀叫，牠的叫聲悲哀且綿長，聽起來很為主人打抱不平。

強尼先生溫柔的摸

摸牠的頭說：「不要緊，大傻你知道嗎？我們今天的魔術很成功，臺下有個孩子笑了吔。」

對強尼先生來說，他不需要環遊世界演出，讓全世界的人認識他，這就是他留在這裡，不厭其煩的為鎮上孩子創造與表演新魔術的原因。

聽到主人這番話，大傻放心的咧著嘴笑，親暱的舔了舔強尼先生的臉頰，為自己身為強尼魔術的一員而感到驕傲。

牠知道，強尼先生說的沒錯，只要有一個人喜歡魔術，那麼，表演就算成功了！

因為，只要有一個孩子發自內心的開懷大笑，就能給予魔術師巨大的滿足感，讓全世界頓時之間亮起來。

那一場演出，就是為了那一個孩子的笑容而存在！

馬戲團開演的日子

不過，他們倆都沒有想到，強尼先生才剛剛拒絕巡迴演出沒多久，馬戲團的宣傳單便開始在鎮上滿天飛，瞬間吸引鎮上所有人的目光，大家都想一看究竟。

某天下午，正當強尼先生和大傻在外頭悠閒

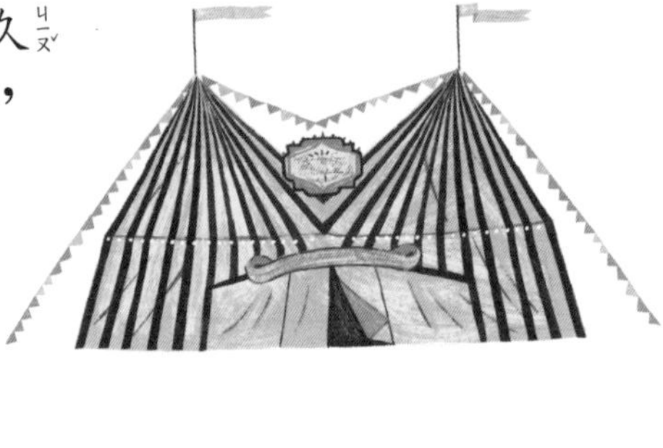

散步時，忽然一陣怪風吹來，捲起了地上的宣傳單與落葉。

大傻朝著那張粉紅色的單子又追又吠，往前奔跑的力道強大到連強尼先生都跌了一跤。

正當他吃力的從地上爬起時，恰巧聽見人們正在說：「聽說馬戲團那頂大帳篷裡，有著比強尼先生的魔術還要不可思議的把戲，簡直就像魔法一樣！」

這句話，讓強尼先生豎起了兩隻耳朵聽得仔仔細細。

就算是週末時間，強尼先生同樣得登臺表演魔術秀，但他還是很想趁著休息的空檔，偷偷擠進帳篷裡頭看一眼，只要瞧上一眼就好！

他好想看看大家口中「像魔法一樣的把戲」到底長什麼樣子。畢竟他是多麼努力，想要成為世界上最接近魔法的魔術師，有任何能接近魔法

的機會他都不想放過。

等了又等，馬戲團表演的日子終於到來。

強尼先生收起表演時的高禮帽，悄悄穿過在排隊買票的人群，跑到了馬戲團的後臺，想要偷偷觀察馬戲團受歡迎的祕密。沒想到，卻看見了意想不到的景象，驚訝的張大嘴巴。

因為後臺有好多鐵籠子，在那裡面有隻老虎瘸了腿，從此跳不高、走不遠；有隻大象一直流眼淚，因為牠的膝蓋長期被繩索和鐵鍊栓住而磨破皮、流著血；還有隻踮著腳尖的小棕熊，因為腳底板被火燙傷

冒水泡，讓牠不得不像人類一樣站立走路。

怎麼會這樣？關在鐵籠裡，準備上臺演出的動物，一點也不像宣傳單上生氣勃勃的模樣。

空氣裡飄來不知道是鐵鏽還是血的味道，熱愛動物卻從沒看過馬戲表演的強尼先生嚇傻了，即使想幫助受傷的動物們，一時間，卻不知道該怎麼做才好。

他只好先踮著腳安靜離開。離開前，籠子裡的老虎傳來嗚嗚咽咽的哭聲，那雙沾滿眼屎的眼眶，讓牠看起來就像小貓兒一樣委屈。

那天晚上，強尼先生在床上翻來覆去，怎麼樣都睡不著覺，腦海裡都是一隻隻關在籠裡的動物們。今晚的月光太亮，扎傷他緊閉的眼睛，以

及柔軟的心。

隔天一大早，強尼先生想到了一個無與倫比，搶救動物朋友的好方法！他身穿魔術秀正式演出的燕尾服，來到屋頂的鴿舍前。

起先，鴿子們看見強尼先生走上樓，還以為今天要進行魔術演出呢，各個帥氣的挺起胸膛，耐心等待強尼先生選中自己。

沒想到，強尼先生卻在牠們的腳上綁上了信條，聰明的鴿子們，一下子就明白強尼先生要牠們做什麼事情！一個個蓄勢待發，等待接下送信的任務。

牠們用力拍打翅膀，奮力飛向遠方的收信人，強尼先生則站在原地，揮舞著潔白的手帕，目送大家離去，嘴裡默默說著：「要是信能順利

抵達，那就太好了。」

為了完成搶救動物朋友大作戰的任務，強尼先生可沒有太多時間可以耽擱，親愛的大傻搖著尾巴緊跟在他的身後。等大傻回過神來，他們已經站在馬戲團外。

「請讓我代替老虎、大象和小熊演出吧！」

強尼先生正挺著胸膛，勇敢的對著馬戲團團長說話，大傻輕輕靠在他微微發抖的腳旁，為親愛的

主人加油打氣。

「哈哈哈哈，這真是我聽過天底下最好笑的笑話了，你們聽見他說的話了嗎？唉唷，我的眼淚都流出來了，居然想代替動物登臺表演？」聽見強尼先生那可笑的請求，讓馬戲團團員們個個捧著肚子笑個不停。

「那可不行，禮拜天可是馬戲團的重頭戲，我們那麼辛苦趕來這裡，就是為了這一天的演出。再說，我們從世界各地千辛萬苦找來老虎、大象、棕熊等野生動物，還得花許多時間和心力，訓練牠們學會把戲，就是為了讓觀眾買門票看得開開心心的。你那點不起眼的小魔術，怎麼滿足得了大家的胃口呢？」團長很不以為然的豎起衣領。

眼前這個不知哪裡來的二流魔術師，已經耽擱他三分十一秒的時間，對需要預先排演的馬戲團來說，每一分、每一秒都很珍貴。

「不說您不知道，每位魔術師一生都會擁有一項如超能力般強大的神奇魔術，就像魔法一

樣。相信，這不會讓觀眾們失望，說不定還會成為馬戲團的經典表演呢！」強尼先生脫下帽子對團長深深鞠躬，只希望能如願以償。

「喔！也許，這個魔術師真有什麼本事也說不定。」看到強尼先生那堅定的樣子，團員們大夥兒你一言、我一句。

最後，馬戲團團長摸了摸下巴，勉為其難答應請求，不過他有個條件！

只要有一個觀眾不滿意今天的演出，發出噓聲，強尼先生就得拿出他畢生所有積蓄，賠償馬戲團的巨大損失，包括他的鴿舍、兔籠，還有狗屋，樣樣都少不了。

聽到團長嚴格的條件，強尼先生絲毫不畏懼，即使有可能賭上所有

財產，他仍抱持著營救動物的決心。

話說回來，為什麼團長會願意答應強尼先生如此無理的請求呢？

因為團長看見了他眼裡篤定的光芒，那是相信自己的人才有的自信，再說，他也很想親眼見證像魔法一樣的魔術表演。

不說你不相信，團長小時候也曾經是一個比任何人都還要相信魔法的小男孩，長大後，他才會買下整座馬戲團，帶給大家不可思議的演出，希望能成為世界上最接近魔法的馴獸師呀。

那是團長還小的時候，當時的他，眼睛裡總像星星般閃耀，相信這個世界上真的存在著魔法。可是，只有在奶奶握住自己的手說：「我相信你」的時候，小團長才能放心、大膽的為自己編織一個魔法夢。

要知道，世界上只要有一個人願意相信自

己，就能為內心儲存巨大的勇氣。

每當對自己與世界心生懷疑時，小團長就會張開雙臂擁抱自己，嘴裡說著：「不要害怕，這個世界的某個地方，一定存在著魔法。」

可是，長大後的他，已經很久、很久沒有這麼做了。

是因為心會隨著長大，強壯得不會恐懼了嗎？不是的，而是團長忘記了面對未知的世界，可以大方承認自己會害怕。

因此，當團長聽到強尼先生孩子氣的要求，第一個反應是哈哈大笑，笑他怎麼還不像個成熟的大人啊？可是另一方面又相當好奇，究竟什麼是一輩子只能使用一次的魔術？為什麼強尼先生堅持賭上所有來換一次登臺表演呢？他怎麼想都想不透。

於是，團長決定放手讓他試試看，即使大家

不滿意今晚的演出，都會是馬戲團獨一無二的回憶。

準備登臺

就這樣，強尼先生準備要在今晚登臺了！

當大家看見他自信的走上臺時，全場頓時鴉雀無聲。待鎮民們揉揉眼睛、回過神來，有些人毫不客氣的對他破口大罵：「喂！我們可不是買票來看你變魔術的。」

也有孩子興奮得大叫：「嘿！強尼先生，今天怎麼沒有帶上兔比，不是輪到牠上場表演了嗎？」

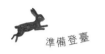

為了讓全場安靜下來，強尼先生脫下高禮帽，鞠躬再鞠躬，高高舉起一根手指頭，然後放在嘴脣旁邊，在聚光燈的照耀下，白色手套顯得好亮眼。

「今天，我要邀請大家和我進行一場特別的

魔術演出，沒有大家的幫忙，光憑我是沒有辦法完成這項演出的。」

聽到「特別」兩個字，原本吵鬧的帳篷，慢慢的安靜下來了，大家都想看見特別的奇蹟。

首先，強尼先生徵求幾

位願意上臺接受催眠的觀眾，大家紛紛高舉著雙手躍躍欲試。

強尼先生開心的邀請他們上臺躺下，緊接著閉上眼睛，宛如指揮家般優雅的揮舞著雙手。

帶領他入門的老師傅曾告訴他：「如果魔術師使用了這個超能力般的神奇魔術，就會大量消耗自己的精神與體力。而且，短時間內不能再表演，只有在非常特別的時刻才能用上它，否則就不能發揮原有的最大效力。」

強尼先生希望，在他的強力催眠魔術之下，讓無論原本內心多麼缺乏勇氣的人，都能面帶微笑、昂首自信的走上臺，表演他們這輩子最引以為傲的事，或者該說……他們「以為」自己最擅長的事。

到底會發生什麼事情呢？大家都好奇的伸長了脖子。

被邀請到舞臺上的觀眾當中，有位眾人皆曉，五音特別不全的胖大叔，自豪的在臺上引吭高歌；夢想成為芭蕾舞者的小男孩，漂亮的踮腳轉了一圈又一圈；上了年紀的翠奶奶，則是勇敢騎上單輪腳踏車，歪歪斜斜努力維持平衡，看得大家直捏了把冷汗，可是呀，翠奶奶閉眼微笑的表情，

彷彿小女孩般甜美、可愛，令人看得著迷。

被催眠的人們，那全力以赴又帶點笨拙傻氣的樣子，惹得大夥兒笑得東倒西歪，熱烈的掌聲從一開始就未曾停止。

臺下有些人也好緊張，心想「會不會……下一個就是我啊？」

究竟下一個上臺，被強尼先生催眠的人會是誰呢？

答案揭曉！強尼先生奮力掀開舞臺上原先罩著紅布幕的鐵籠子，對著大家清了清喉嚨表示，不只臺上的人們受到催眠，籠子裡的動物們也是，牠們正沉睡在自己最甜美的夢鄉裡。

強尼先生溫柔的摸了摸動物們，像是熟睡老虎被燒傷的背脊、大象那再也伸不直的膝蓋，還有小熊遭燙傷的腳掌心，遍體鱗傷的牠們，光是待在舞臺上，就能吸引大家的目光。一時之間，大家都忘了，自己可是買票進場，等著看精采的馬戲團表演。

「正如大家所見，所謂完美的演出並不存在。這些動物之所以能

在臺上表演，來自於一次又一次失敗的練習，因此身上才會到處都是傷，牠們真的很想回到大自然，可是，牠們唯有在睡夢裡，才能回到記憶中的家……」強尼先生這番話，讓觀眾發出斷斷續續的啜泣聲，喚醒大家的回憶。

是啊，這個簡單的道理，他們怎麼會忘了呢？天底下怎麼可能會有不會痛的練習，人類怎麼能讓動物沒有家可以回？自己又為什麼要買票進場，看這麼殘忍的表演呢？

原本沉浸在眾人掌聲中的團長，眼看情況越來越不對勁，氣急敗壞的衝到臺上，強行將強尼先生拖下臺，魔術表演戛然而止。沉浸在催眠裡的人們也醒來了，動物們也紛紛從睡夢中甦醒過來，唯有強尼先生臉上的表情非常滿足。

由於表演被強行中斷，清醒過來的胖大叔、小男孩、翠奶奶，絲毫不記得剛剛發生什麼事，但他們仍盡責的手牽著手，彎腰向大家深深鞠躬，引來臺下傳來更加熱烈的鼓掌聲。

毋庸置疑，強尼先生以精采的催眠魔術秀演出，為今晚的表演成功揭開了序幕。

「你差點就搞砸我們今晚的演出！馬戲團的目的是為人

帶來歡笑，最忌諱有人掉眼淚，可以笑，怎麼能惹大家哭呢？你要是再敢胡亂插手，我就不客氣了。」在後臺，憤怒的團長揪緊強尼先生的衣領，讓剛施展完強大魔術，筋疲力盡的強尼先生差點喘不過氣來。

「表演還得繼續，今天我就先不找你算帳，你還不快點消失在我面前，走得越遠越好！」即使氣得一蹋糊塗，團長仍轉身對著鏡子，敬業的迅速整理儀容，下一場演出馬上就要開始，他可沒有太多時間可以浪費。

一個人被丟在後臺的強尼先生好沮喪，他不怕團長如何處置自己，怕的是大家的無動於衷。

畢竟，他賭上自己的畢生絕活，沒想到還是不能喚醒大家對動物的同情，這下，還有什麼能改善動物的狀況呢……

強尼先生頓時陷入沉思，這時候，有人舔拭

他的臉頰，感覺刺刺的，不像是大傻那滑潤的舌頭，強尼先生猛然抬頭，嚇了一大跳。眼前的不是大傻，而是被人關在籠子裡的……

牠是誰？牠的樣子既不像獅子也不像老虎，叫聲又像貓咪一樣喵喵喵。強尼先生只能繞著籠子一圈又一圈，揉了眼睛一遍又一遍，不敢相信眼前的事實。

「天底下，怎麼會存在這樣奇特的動物？這

又不是在變魔法？」強尼先生聽到自己說出這句話，緊緊摀住嘴巴，誰都可以懷疑魔法的存在，唯獨身為魔術師的他不可以。

「牠叫做跳跳，跳跳很膽小，你這麼大聲會嚇到牠的。」有別於強尼先生的惶恐，女孩的口氣冷靜且清晰，眼神清澈而明亮。

「牠，牠不是老虎吧？」強尼先生不顧女孩

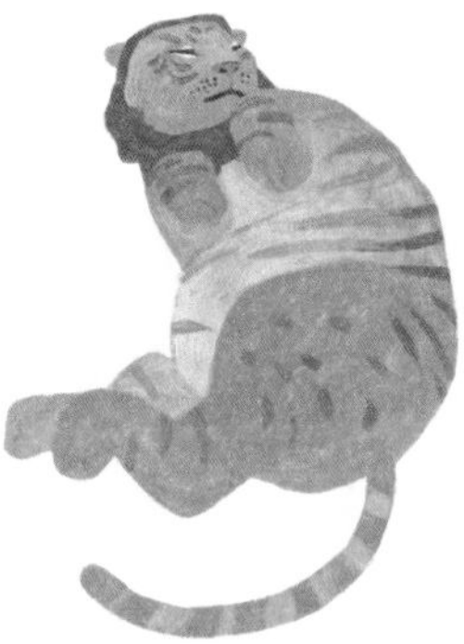

是什麼來歷，劈頭就想確認眼前究竟是什麼生物，聽到這問題，女孩搖搖頭。

「牠也不是獅子？」女孩再搖頭。

「牠不是老虎也不是獅子，牠是跳跳，全世界只有一隻。」

聰明的跳跳聽到自己的名字，撒嬌的將頭隔著欄杆，倚靠在女孩身上，牠最喜歡女孩呼喚牠的名字。

只是，其他的動物們都得上臺表演，牠怎麼還留在這裡，難道不用演出嗎？

像是聽見強尼先生心底的困惑，女孩隔著鐵籠子，

一邊溫柔撫著跳跳糾結的毛髮，一邊背對著強尼先生說：「爸爸說過，跳跳可以不用上臺表演，大家只要看到世界上獨一無二的動物，就會朝牠丟錢，根本不需要表演，就能幫我們賺錢。」

跳跳的籠子底下，果然如女孩說的一樣，有著滿滿的硬幣，上頭還沾黏著毛髮與糞便。

看到既像老虎又像獅子的跳跳，強尼先生不知道該說什麼才好，即使不用問他也知道，這樣違反自然規則的動物是人類刻意為之才出生的。

跳跳的正式學名叫做「獅虎」，從出生那一刻起，就得忍受許多痛苦，看著牠彎曲的脊椎、瘸著的後腿，強尼先生想不透，為什麼人類要這麼殘忍的讓跳跳出生？

「跳跳被人送來我們家時，牠的兄弟姐妹都死掉了，只有牠活下來，呼吸卻很急促，就連獸醫先生都不知道該

怎麼醫治才好。爸爸趕緊將死掉的屍體送往動物園解剖，才發現，牠們全身上下的器官都不對稱，肺部先天發育就不健全。叔叔，我知道跳跳活著很辛苦，可是如果我們不繼續照顧牠，牠該怎麼辦呢？最應該罵的，不是那個一開始把獅子爸爸和老虎媽媽關在一起，生出跳跳的人嗎？為什麼你要責怪爸爸？」

面對女孩的疑問，強尼先生一時半刻，不知道該如何解開這個難題，可是他知道此時此刻，只有兩個人的真心相待，才能真正了解彼此。於是，他蹲下身，問了女孩關於她的故事。

「小妹妹，妳不用上學嗎？」

「這裡就是我的學校呀！我們常常得到不同的城市演出，讓我總是上學沒多久就得轉學。不過沒關係，爸爸說，馬戲團就是我的大學校，我可以從這裡學到比學校多更多有趣的事！」女孩開心的掀開布幕一角，睜大雙眼從後臺欣賞爸爸在空中的精采演出。

等她長大了，到時候就能站上臺和爸爸一樣，學會如何在天空飛翔，當一個精湛的空中飛人。

「可是在這之前，我要先好好的幫大家換水、換食物才行。對了！叔叔，我們下禮拜還要迎接小寶寶呢。」

「哇！小妹妹恭喜妳呀，小寶寶是弟弟還是

妹妹？恭喜妳，妳很快就要當小姐姐囉。」聽見這個好消息，強尼先生勉強打起精神，為女孩獻上真誠的祝福。

「唉唷，叔叔不是啦，你好好笑哦，我說的是紅毛猩猩的小寶寶啦。」

女孩搗著嘴笑，這個叔叔真有趣，一下子被跳跳嚇得東倒西歪，一下子又以為小寶寶是人類，真是一個有趣的大人。

「小朋友，這是錯的事情。」

強尼先生直直看進女孩的眼睛裡，這件事情遠比他想像中來得嚴重。

這個馬戲團存在著太多謎題，強尼先生現在還來不及細想問題出在哪裡，但他知道，再這樣下去，不知道有多少動物會因為這個馬戲團而受苦。

強尼先生還來不及將話說完，這時候，帳篷內傳來爆破似的熱烈掌聲、口哨聲和歡呼聲四起，在團長的帶領下，表演成功掀起今晚第二波高潮。

「太好了！大家喜歡今天的表演。叔叔，你剛剛說什麼是錯的事情？」女孩眨著大眼睛不解的問。

「這樣的快樂是錯的事情。」強尼先生認真思索，給出了這個答案。

「爸爸說，觀眾會笑，表示快樂。快樂是好

事，怎麼會是錯的事情？叔叔你真的好奇怪。」

女孩的回答，一時間讓強尼先生說不出話來。

是啊！身為魔術師的他相當明白，要是觀眾不喜歡演出，那麼所有辛苦的練習就白費了。

這一點，同樣得在眾人面前表演的強尼先生相當清楚，可是……動物們因練習而流血、受傷，只為了換取大家的掌聲與笑聲，這樣真的對嗎？

傻孩子，這個世界當然有魔法

不知道女兒與哪裡來的魔術師在後臺，默默搭建起友誼的橋梁。

站在舞臺上的團長，正享受著海浪般的熱情掌聲，眼前強烈的白光，讓汗水沿著他的臉頰流下。

只是，他怎麼樣都想不透，為什麼大家會著迷於魔術師的開場呢？難道，他們不認為那是一場失敗的表演嗎？這可讓他糊塗了，哭不是一件令人悲傷的事嗎？為什麼大家流著眼淚，卻微笑著鼓掌？

不管了！今晚觀眾的笑聲讓他驕傲極了！他呀，只要戴上紅鼻子，再大的問題都不是問題，而是有趣的遊戲。

這時候的團長，眼底和心裡只有一個目標，那就是帶大家走進一個完全不一樣的世界，享受只有在馬戲團帳篷裡發生的奇幻時刻。

團長除了是個稱職的馴獸師，還是個空中飛人。他的招牌表演就是戴著紅鼻子在空中走鋼索，東倒西歪的驚險過程搭配咧著嘴的大大笑容，讓孩子們緊張得張大手掌，只敢透過指縫偷偷看著。

為什麼會在走鋼索時戴上紅鼻子呢？這來自團長小時候的回憶。

那時候，團長爸爸得負責馬戲團的財務管理。每次，只要票賣不完，他總會將手交疊放在身後，在辦公室內來回焦急的踱步，思索宣傳的好辦法，爸爸不開心，小團長也不會快樂，他非得看到爸爸開心才能放心。

幸好，爸爸有個神奇的寶物，可以拯救自己的不快樂。

極度沮喪的時候，爸爸會打開抽屜，戴上其中一枚紅鼻子。奇妙的是，每當他這麼做的時候，爸爸再不快樂，也會像瞬間變了一個人似的，腳步輕盈，嘴角帶著微笑。

隔著門的縫隙，小團長將一切看得清清楚楚，他相信，那枚紅鼻子上頭一定有魔法！只可惜，當他把爸爸的紅鼻子戴在自己鼻子上時，什麼事情都沒發生。

魔法在他身上失效了，他失望的想，會是自己不夠乖嗎？還是不夠聰明？奶奶坐在搖椅上，雙臂溫柔環抱著小團長，聽著孫子垂頭喪氣的數落自己不夠好。

「傻孩子，這個世界上，當然有魔法囉！」

眼見孫子抬頭望著自己，奶奶刻意清了清喉嚨接著說：「只有眼裡有光的人，才知道魔法的祕密。」

小團長還想追著奶奶問更多，腦中卻閃過爸爸的眼睛，爸爸的眼裡的確有著他沒有的亮光。這麼說來，那位魔術師也是一個眼睛散發光芒的人。再怎麼樣，團長都沒辦法討厭奶奶口中所說的那種人。

「唉，等到表演結束了，再好好向他道歉吧。」團長心想。

不是只有團長想起小時候的自己，當強尼先生聽到女孩問他：「快樂，怎麼會是錯的事情？」時，他愣住了，同樣想起童年的回憶。

小時候，每到傍晚，強尼先生的爸爸就會爬著梯子到屋頂上的鴿舍，大力揮舞手中的紅旗

子，讓腳上綁著腳環的賽鴿們，繞著鴿舍飛過一圈又一圈。

那時的小強尼就和小女孩一樣，得負責打理鴿子們的一切，他那過敏的老毛病，就是從那時候開始的。

即使每天打掃、清潔對小強尼來說很辛苦，但是，再也沒有什麼比大家平安回來更加重要，只要有一隻鴿子沒準時回家，

那天晚上，小強尼就會煩惱得睡不著覺，只有聽到大家一齊發出咕嚕咕嚕的聲音，才能令他心安。

小強尼知道，爸爸養鴿子不是將牠們當作寵物，而是為了在賽鴿比賽中獲得好成績。可是比賽時，大家究竟都飛到哪裡去了呢？

「牠們飛在大海上。」爸爸指著遠方的天空對他說。

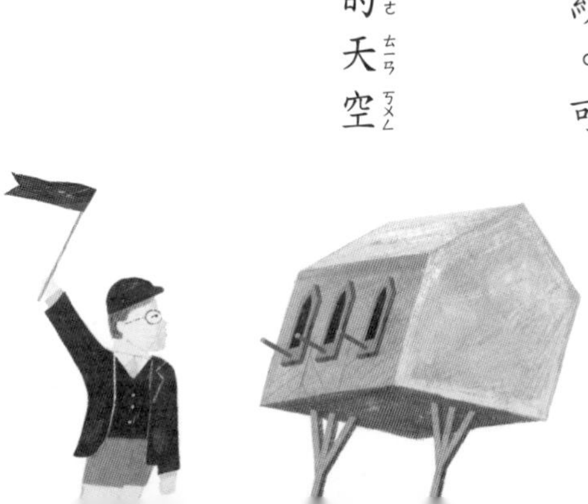

因此，每當比賽的日子到來，小強尼就會特別想念大家。他會輕輕閉上眼睛為大家祈禱，並將手掌放在耳朵上，這樣子，耳朵裡就會出現海浪相互拍打的聲音。

小強尼想像月光倒映在海上，世界從此有了兩個月亮，有月亮的陪伴，小白才不會怕黑。

「小白」是他最疼惜的一隻鴿子，全身潔白無暇，有著一雙紅腳丫。每當小強尼上樓時，牠

就會輕輕啄著他的手指頭，將頭倚靠在小強尼的肩膀上撒嬌。

小白是全天下獨一無二的鴿子，誰也比不上牠。

「爸爸，小白要是在大海上飛累了，牠該怎麼辦？」聽到這個問題，爸爸不再看他。

小強尼馬上明白，當他的好朋友

飛累，需要停靠休息的時候，只能從天空墜入海洋，除此之外，別無選擇。

那一次比賽，小白遲遲沒有回家，負責數鴿子數量的小強尼心都要碎了。他彷彿聽見小白墜入大海，被浪花掩蓋的撲通聲。

每一個小孩都記得自己長大的那一刻，小白的離開，無疑是小強尼長大的那一天。

當年鴿舍裡的紅旗子，成為了強尼先生日後

表演魔術時手上的紅方巾，每回上臺表演時都提醒著他，天上數以萬計的小星星，有兩顆曾經是小白的美麗眼睛。

爸爸曾希望小強尼能夠繼承家業，讓家裡的鴿子們繼續在賽鴿比賽拔得頭籌，可是小強尼再也不想傷害任何動物。

成為魔術師的他甚至決定，不讓任何動物因為魔術表演而受傷。這不是一件簡單的事，但強尼先生總是細心的定期帶大家上醫院做健康檢查。

午後時光，大夥們會和他一起待在院子晒晒陽光、做做運動，讓大家充分的運動，還有補充足夠的營養，自己想做的事情就和當年一模一樣。

強尼先生直覺的相信，團長和他有

著一樣的心，他們都著迷於觀眾笑聲的魔力，相信這個世界上存在著不可思議的魔法。

因此他選擇了魔術，團長選擇馬戲團，兩人之間並沒有太大的差別。

想通了這點的強尼先生不禁想，那麼團長到底是怎麼樣的一個人呢？他跟自己最大的不同又是什麼？

憤怒的低吼聲

要知道，站在大家面前表演，可不是一件簡單的事。

得要夠勇敢才能雙腳不發抖的站在舞臺上，還得常常為了票賣得不好而睡不著覺，要是沒有人光顧、看演出，就付不出夥伴們的薪水，格

外吃力又不討好，可是只要聽到大家的掌聲與笑聲，所有的辛苦都不算什麼。

那麼，團長是不是也像他一樣，即使知道表演異常辛苦，還是想站在舞臺上，享受那異常甜蜜的幸福呢？

反正，現在什麼事也做不了，不如好好欣賞團長的演出吧，強尼先生心念一轉，心情頓時豁然開朗。

但此刻，帳篷內卻忽然傳出老虎憤怒的低吼聲。

「糟糕！小愛發脾氣了。」

女孩倏地站起身，打翻原先放在裙上的點心。

看著老虎小愛步步逼近跌坐在地的團長，臺下的觀眾仍咯咯笑個不停。他們還以為這是團長特意安排好的搞笑橋段，存心想看大家嚇一跳，他們才沒那麼好騙呢！

「這不是小愛平常的表現，我得阻止牠才行。」女孩想衝上臺安撫小愛，卻被強尼先生一把攔住。人類突如其來的舉動，最容易驚嚇到動物，這時候安靜觀察才是最好的做法。

不是只有小女孩想盡辦法想安撫小愛。舞臺上，團長同樣試著安撫情緒激動的小愛。

從小愛還是一隻小老虎時，團長就從商人那將牠買來進行馬戲訓練。他堅持不用皮鞭鞭打小愛，不對小愛大吼大叫，還親自餵肉給牠吃。

可是觀眾最喜歡看老虎跳火圈，跳過一次次火圈，讓小愛的背到處都是燙傷的痕跡，身上每

一道疤痕與瘸著的腿，都訴說牠有多忍耐。

團長雖然對小愛感到抱歉，可是為了吸引大家來看表演，他還能怎麼樣呢？

小愛受不了長久以來嚴苛的訓練和大家熱烈的反應，這對天生喜歡安靜的牠，無疑是巨大的折磨。

憤怒的小愛忍耐著喧鬧的一切，今天牠受夠了！

小愛奮力跳下舞臺，頭也不回的跑出帳篷

外，尖叫聲在觀眾席間此起彼落。

「這下完了！」團長跌坐在地。

他知道，只要消息一傳出去，馬戲團的名聲就會大受打擊，評價一落千丈。

「快追上！事情一定有辦法解決。」從後臺衝上前的強尼先生，伸出友誼的手，握住團長一雙顫抖不止、冰冰冷冷的手。

團長真的不明白，剛剛被他惡狠狠教訓一頓

的魔術師，這時候怎麼還願意幫助自己？

對此，他無限感激，用盡力氣站起身，跟在強尼先生身後，用踉蹌的步伐追了出去。

馬戲團老虎逃脫的消息，一下子就傳遍原本就不大的城鎮。

頓時之間，警車鳴笛聲四起，

沒一會兒，好幾輛警車便停在馬路中央的十字路口，將老虎小愛團團包圍。

看到一群充滿惡意的人類，受到驚嚇的小愛壓低身體、低聲向人群嘶吼。

說時遲那時快，強尼先生奪下警察手中正在發射的麻醉槍，用魔術將麻醉針變成璀璨的紙片花，灑落在天空上。

他的魔術讓大家看傻了眼，有人大聲疾呼：「強尼先生，您是瘋了嗎？」也有人在心裡偷偷拍手叫好，認為他不愧是鎮上最傑出的魔術師！
才能進行這一項不可能的任務。

不只有強尼先生努力讓小愛脫離困境，女孩懷中更是揣著小愛平時最喜歡吃的食物，嘴裡輕輕哼著牠從小最愛聽的搖籃曲，試圖接近牠。沒想到，換來的卻是更低沉的怒吼聲。

強尼先生與女孩兩人使出渾身解數，想要吸引小愛的注意力，卻敵不過大家手裡照相機的強烈白色光芒，嚇得小愛衝出警車與人群的團團包圍，如風一般的在街頭上狂奔。

小愛跑進火車站，甚至沿著樓梯跑進了月臺軌道，頭一次看見老虎的乘客們與售票員嚇得渾

身發抖。

「小愛乖，我知道妳最聽話了，我們回家好嗎？」

團長拿出擔任空中飛人的看家本領，在鐵軌上保持身體平衡，一步、一步，試著接近坐在冰涼鐵軌上的小愛。

團長溫柔的語調，打動小愛驚懼的心。

牠深情的凝視著團長，讓人分不清是想要攻擊還是擁抱，接著奮力撲上團長，見到這驚險的一幕，警察連忙從遠方射了一劑麻醉槍，小愛頓時仰天怒吼。深愛動物的強尼先生知道，小愛此後，恐怕再也不會相信人類了。

引起鎮上軒然大波的小愛，終於緩緩闔上眼皮，全身柔軟的蜷伏在冰冷的鐵軌上。月臺上，

所有人都齊聲歡呼，只有團長、小愛兩個人默默流淚。

「牠沒有傷害人！更沒有讓任何人受傷！」

因為麻醉藥而陷入沉睡的小愛，被運上卡車載往動物保育中心，團長撥開擁擠的人群跟在後頭，急著為小愛辯護，卻沒有人將他的話聽進耳裡。

不僅如此，警察局局長還要求團長接受審問，說清楚這些野生動物到底從哪裡來？

在強尼先生的懇切請求之下，局長勉為其難的同意讓團長與團員在強尼先生家待一個晚上，等到天亮再進行偵訊。

失去了觀眾，沒有生氣的馬戲團帳篷，遠遠看去，就像一顆洩了氣的彩色大皮球，孤零零佇立在大草原上。

這天晚上，馬戲團團員們臉上帶著哭花了的濃妝，紛紛走進強尼先生的家暫住一晚。

「謝謝你跟局長求情，讓我們能在這裡暫住一個晚上，先前我對你的態度這麼壞，你卻還願意這麼做，真是太感謝了，強尼先生。」落寞的團長牽起女孩的小手，

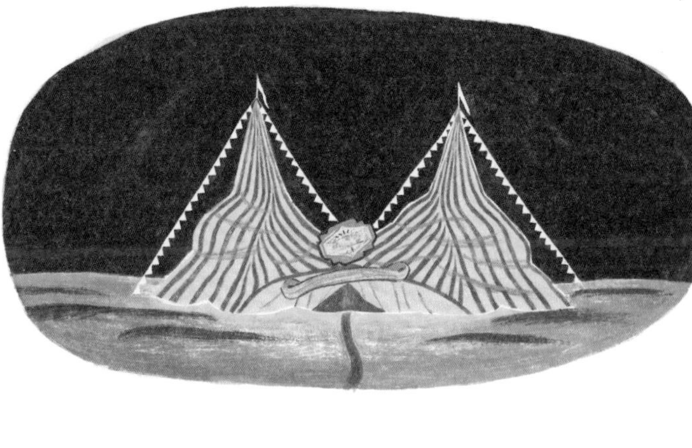

鞠躬感謝強尼先生的好意。

「先別說這個了，我一直感到很好奇，你曾聽說過，這個世界上存在著真正的魔法嗎？」偌大的客廳裡，強尼先生依附在團長的耳邊，用只有兩個人聽得見的音量說著悄悄話。

「聽過呀，只有相信的人才能看見。」團長勉強打起精神接話。現在即使有魔法，也沒辦法拯救小愛和馬戲團的命運。

「沒有錯！」強尼先生開心的從椅子上跳了起來。

這還是他第一次聽見有人相信魔法的存在，要是他們兩人在小時候就遇見對方，不知道那該會有多好呢！

透過這個問答，他和團長建立起某種默契，讓強尼先生願意敞開心胸幫助對方。

「我問你，老虎小愛，還有獅虎跳跳是怎麼

一回事？難道你不知道走私野生動物犯法嗎？」強尼先生刻意壓低聲音，不想引起屋裡任何人，尤其是女孩的注意。認識團長才短短一天，他與馬戲團卻存在著太多疑點。

「事情不是你所想像的那樣。」對此，團長娓娓道來。

那時年輕的他還沒當上團長，只是單純的為爸爸所經營的馬戲團開大貨車，但無論走到哪，沿途都會看到路上有動物們受傷。

他心想，養活大家並不是一件太困難的事，哪個馬戲團沒有一大群夥伴呢？就這樣，團長一邊撿、一邊養，把貨車當作彼此的家。

背後的真相

團長這番話，聽得強尼先生頭好疼。

他慢慢瞭解這位新朋友的個性，他的本性不壞，但是，他只懂得用自己知道的方法去愛動物，卻不曉得，愛有時也會帶來傷害。

平時馬戲團的工作太忙碌了，讓他沒有時間

看看那些被他救回來的野生動物們，到底過著什麼樣的生活。

像是領角鴞吃得太胖，導致雙腳骨折飛不動；只餵香蕉的猴子，全身營養不良；更別說獅虎跳跳，那是團長接收某個破產馬戲團為了吸引大家的注目，惡意違背大自然原則所生。

跳跳天生有著嚴重脊椎側彎，總是拖著疼痛

的左腳走路，叫聲深沉而哀怨。

為了牠的身體健康著想，團長不安排牠演出，但跳跳獨特的外表，往往惹來觀眾偷偷溜進後臺，朝牠丟硬幣說是要許願，卻也為馬戲團帶來一小筆收入。

對此，團長只好睜一隻眼閉一隻眼，他不覺得自己做錯事，但他下的每一個決定，卻讓動物們的身上與心理都帶著傷。

「光是馬戲團老虎逃脫，已經是全國的大新聞，要是被人發現其他動物都沒有受到良好的照顧，團裡還有一隻獅虎，大家會怎麼想？」強尼先生以手指亂耙著頭髮，灰心的問著團長。

面對強尼先生的質問，團長茫然的看著冒汗的手掌心，不明白自己怎麼會走到這一步，為什麼只是想讓馬戲團順利經營下去，會遇到這麼多難題。

「爸爸，我們不能繼續表演了嗎？」女孩拉了拉團長的衣角，團長蹲下身，環抱著他最愛的女兒沉默不語。

誰也不知道問題的解答在哪裡，可是等到天一亮，得知強尼先生收留團長一家的小鎮居民們都相當不滿。他們不能諒解，向來最愛護動物，也是鎮上最受大家歡迎的強尼先生，怎麼會容忍一個大壞蛋住在他家？

他養的老虎可是差一點就危害大家的生命！

「可是……那隻老虎沒有做錯什麼事，不是嗎？」男孩小聲的問。

「我的小寶貝，你想想看，老虎的牙齒又尖又利，要是發生什麼事，那就太遲啦。馬戲團真是太危險了，當初我們根本不應該買票進去看。」媽媽一把抱起男孩。

男孩真的好困惑，宣傳單上不是早就表明有

動物秀，大人們不是早知道會有老虎、大象和棕熊了嗎？為什麼現在才生氣呢？

男孩暫時還想不到答案，遠遠的就看見鴿子們飛來，腳上彷彿還綁著什麼東西，原來是強尼先生放出的六隻鴿子，捎回了好消息。

強尼先生寫信給過去曾教導他如何照顧動物的獸醫師，請教對方是否能幫忙想想辦法，拯救這些身上帶傷的動物們。

接到消息的獸醫師匆匆趕到了現場，看到馬戲團裡糟透的環境時皺緊眉頭。他雖然答應強尼先生會想辦法好好醫治牠們，再將動物們託付給動物保育中心照顧，只是，這一大筆費用，全部得交由馬戲團與強尼先生籌措才行。

不僅獸醫師對馬戲團的環境大力搖頭，局長更是一臉嚴肅的表示：「強尼先生，我們知道你很袒護朋友，但這次他犯的錯可大了，全國人民都知道老虎逃脫這件事，大家都氣壞了。」

「可是他們的聚光燈也嚇壞了小愛啊！」女孩想為爸爸辯駁，團長深深嘆了一口氣，阻止她繼續說下去，女孩只能眼眶泛淚，眼看局長將爸爸銬上手銬，跟隨指示步上警車。

強尼先生緊握女孩的手，不讓她因為過於激動追上前去。他答應團長，在事情明朗之前，會好好照顧女孩與馬戲團，不讓大家受到傷害。

魔法的祕密

這份深遠、重大的承諾，讓強尼先生認真的想，如果讓自己代替團長演出，事情會不會完全不一樣？這個大膽的念頭，讓他興奮極了。

事實上，帳篷裡有很好的舞臺設備，門票還能幫助動物們籌措必要的醫藥費。

「可是大家都離開了，誰來表演？」女孩說。

由於馬戲團面臨暫時休團的命運，團長解散所有夥伴。像是聽見了女孩的疑問，大傻開心的挺起胸膛對天嗷叫，大家都離開了，但是還有牠呀！

強尼先生對樂觀的大傻讚許的眨眨眼睛，沒有錯，他們能代

替大家登臺演出。

可是，在這之前，女孩得跟隨強尼先生，從頭學習如何照顧身邊最重要的動物夥伴，才能當一個稱職的表演者。

為了學會照顧動物，也為了補償過去馬戲團對動物的不當對待，女孩和強尼先生每個星期天，都會到動物保育中心報到。

「強尼先生，為什麼這裡的動物都會乖乖守在網子旁邊，一點都不怕人類？」女孩不解的問。

如果是自己養的動物親近自己，她還能理解，可是為什麼其他動物也都想接近人類？

「我想，那是因為牠們跟馬戲團的動物一樣，小時候曾經被人類豢養過，也許牠們心裡很想再和人類互動，心中也充滿困惑，想著『為什麼你們以前對我這麼好，現在卻再也不來看我了呢？』」

聽到強尼先生的解釋，女孩的心瞬間往下沉。看來，很多人真的不知道如何好好對待動物。

經過一次次探訪動物保育中心，也加深他們想要償還醫藥費，甚至幫助中心內其他動物們的意願。

女孩協議與強尼先生組成團體，學校放學後，由她擔任演出助手，在馬戲團內進行魔術演出。

他們的表演大受歡迎，即使不是太困難的把戲，觀眾們還是被逗得哈哈大笑，由衷期待每一次的演出。

因為大家都知道，只要買票進場，就有機會被強尼先生點名上臺表演，還有什麼比這更刺激的事呢？

為了在臺上有好表現，大夥兒可是卯足全力偷偷練習。每回演出結束過後，強尼先生總是汗水淋漓。他想證明，即使不用透過強大的催眠，大家也能在舞臺上大膽做最喜歡的自己，大方表現最好的自己。走出帳篷時，每個人臉上都帶著笑容，就像魔法一樣！

日子一天一天過去，女孩與強尼先生透過鴿子們的幫忙，時常寫信給在獄中的團長。

當鴿群們排排站在監獄高牆上時，典獄長總睜一隻眼閉一隻眼，任由團長閱讀馬戲團的最新狀況。

被關在監獄裡的團長，深深反省自己過去犯的過錯，最近他在捎來的信裡寫著——「我終於知道，快樂有分很多種，而且不應該在傷害任何人之下發生，希望我能盡快加入你們的演出，為別人帶來真正的快樂。」

「強尼先生，為什麼爸爸說要為別人帶來『真正』的快樂啊？難道快樂還有假的

嗎？」女孩不解的問。

「我想，真正的快樂，就是在不傷害彼此的前提之下，讓彼此的心感到溫暖，打從心底的開心，以前馬戲團的表演，有一部分建立在傷害動物上，這樣所引來的歡笑聲，其實很殘忍。」

強尼先生將手掌放在左邊的胸膛上，大傻貼心的舔了舔他的右掌心，想告訴主人，有牠在就不用擔心。

過去，女孩曾經想當空中飛人。隨著馬戲團暫時解散，現在已經沒有團員可以教她怎麼飛翔，她卻自己長出了翅膀，變得更加獨立自主，懂得設身處地為別人著想。

等到爸爸出獄，女孩想再一次去遠方，她想念自己坐在副駕駛座，爸爸開著大貨車行駛在顛簸的馬路上，車子左右搖晃，就像小船漂浮在大海一樣。

這一次，她想牽著爸爸的手走路去上學，就和所有孩子的夢想一樣平凡又珍貴。

在一個風和日麗，馬戲團不用表演的日子，女孩一手牽著大傻，一手抱著裝滿水果的提籃到監獄探望爸爸，準備向他報告許許多多的好消息。

強尼先生一個人站在大草原上，對著遠方的山谷，鞠躬再鞠躬。即使眼前沒有任何一位觀眾，一個稱職的魔術師，仍會待到最後一刻，向當天的陽光與微風致意，感謝每一次相遇所帶來的奇蹟，這就是魔法的祕密。

真正的魔法，就在你心裡

推薦文／蕭人瑄（黑猩猩行為與保育推廣講師）

這不是佳如的第一本書，卻是我的第一篇推薦文。其實，我並不知道推薦文「應該」寫成什麼樣子，所以覺得好難。

知道佳如是一位動物愛好者。她眼見世間人們對動物們的不公不義，但在對世界滿懷柔情的前提下，她決定將難過的眼淚吞進肚子裡，經過消化、沉澱，化作心靈的養分，然後透過充滿情感的意識帶動她的手，寫下了一則則從時事出發的故事。這些故事都不是神話，而是你我生活中都可能接觸到的議題。她的觀察犀利，態度嚴謹，寫出來的故事卻處處顯得寬容、體諒，並帶有些許奇幻色彩，讓人讀完之後，充滿希望。

《魔法的祕密》，就是一個這樣的故事。

因為個人背景的關係，起初，我只著重在故事中的動物福利相關議題：馬戲團虐待動物、人類刻意雜交不同物種產生有缺陷的後代、罔顧賽鴿生命的比賽模式等，也注意到某些人類在面對動物時的通病，包括普遍缺乏與動物互動的適當態度及方式、習慣自以為是地詮釋並批判動物行為，以及以安全為由而草率處決動物的高高在上。不過，這些真的是佳如想要跟大家說的嗎？

我決定一再重讀。既然佳如說「世界上所有的魔法都是由人心所變成的」，這次我就嘗試用「心」去讀吧。瞬間，我跨出了「應該」的框架，開始瞥見不時從字裡行間迸出來的花火。

我看見了自己心中的孩子，她的名字是「好奇」，她也喜歡看魔術。

我發現強尼先生從來都不是一個人變魔術，他是跟六隻兔子、六隻鴿子和狗狗大傻一起變魔術，之後還邀請臺下的觀眾一起變魔術。更神奇的是，這些兔子、鴿子、狗和不相識的觀眾們，大家對參與強尼先生的演出都顯得躍躍欲試。是不是因為參與強尼先生的表演是件快樂的事呢？

我發現故事中兩個很愛動物的人，卻可以發展出非常不同的作為，一個依循動物的性情與牠們相處，一個只會用自己知道的方法去愛動物，雖然延續了牠們的生命，卻也對牠們造成

了傷害。

我發現原來「笑」可以是因為錯誤的理由，那這樣的笑是真的快樂嗎？或僅只是對某種欲望的短暫滿足？

我發現原來心念一轉，就會豁然開朗；原來堅定信念，就可以找到解決的辦法；原來只要相信，就可以看見真正的魔法。

我看見了「情」，那是想讓世界變得更好的美意；我感受到「愛」，那是將情化為實際行動的呵護與疼惜。而它們正是魔法產生的動力！

猴子翻筋斗、老虎跳火圈，這些都不是奇蹟，反而是牠們痛苦的堆疊。真正的奇蹟，是當我們為了他者的利益，讓自己升級變成化解危難的超人；這也正是故事中的強尼先生單純且崇高的心意。

當我們透過這本書體驗到心的無限可能而嘴角微揚的瞬間，世界亮了起來，魔法出現了！

推薦文

國家圖書館出版品預行編目資料

魔法的祕密／洪佳如文；六十九圖.
-- 初版 . -- 臺北市：幼獅, 2019.11
冊； 公分. --（故事館；66-）

ISBN 978-986-449-169-8(平裝）

863.59 108012186

故事館066

魔法的祕密

作　　者＝洪佳如
繪　　者＝六十九
出 版 者＝幼獅文化事業股份有限公司
發 行 人＝李鍾桂
總 經 理＝王華金
總 編 輯＝林碧琪
編　　輯＝韓桂蘭、謝杏旻
美術編輯＝李祥銘
總 公 司＝10045臺北市重慶南路1段66-1號3樓
電　　話＝(02)2311-2832
傳　　真＝(02)2311-5368
郵政劃撥＝00033368

印　　刷＝祥新印刷股份有限公司
定　　價＝250元
港　　幣＝83元
初　　版＝2019.11
書　　號＝984245

幼獅樂讀網
http://www.youth.com.tw
e-mail:customer@youth.com.tw
幼獅購物網
http://shopping.youth.com.tw/

行政院新聞局核准登記證局版臺業字第0143號